跟着古诗词去旅行

巍巍中原篇

苏莫女/编著
蒋文婕/绘

SPM 南方出版传媒
全国优秀出版社 全国百佳图书出版单位 广东教育出版社
·广州·

图书在版编目（CIP）数据

跟着古诗词去旅行. 巍巍中原篇／苏莫女编著；蒋文婕绘. —广州：广东教育出版社，2019.10
ISBN 978-7-5548-2810-6

Ⅰ. ①跟… Ⅱ. ①苏…②蒋… Ⅲ. ①古典诗歌—诗集—中国 Ⅳ. ①I222

中国版本图书馆CIP数据核字（2019）第087965号

责任编辑：郝琳琳　柴　瑶　吴秀梅
责任技编：涂晓东
装帧设计：邓君豪

GENZHE GUSHICI QU LÜXING　WEIWEIZHONGYUAN PIAN
跟着古诗词去旅行　巍巍中原篇
广东教育出版社出版发行
（广州市环市东路472号12-15楼）
邮政编码：510075
网址：http://www.gjs.cn
广东新华发行集团股份有限公司经销
广州市岭美文化科技有限公司印刷
(广州市荔湾区花地大道南海南工商贸易区A幢)
889毫米×1194毫米　24开本　6.5印张　130 000字
2019年10月第1版　2019年10月第1次印刷
ISBN 978-7-5548-2810-6
定价：39.00元
质量监督电话：020-87613102　邮箱：gjs-quality@nfcb.com.cn
购书咨询电话：020-87615809

目录

河南 看中原大地过往的辉煌与衰落

安徽

将相辈出之地，项羽一声叹息千古回荡

山东　齐鲁大地，泰山之尊

河　南

看中原大地过往的辉煌与衰落

写在旅行前

河南是一块风水宝地，

很多朝代都会把首都定在河南：

洛阳是十三朝古都，开封是七朝古都，郑州是五朝古都。

位于中原地区的河南，曾经是古代中国最繁华的历史、政治、文化中心。

跟随古诗词走进洛阳，

和李白一起听洛城春夜的笛声，

感受那从心底而起的故园情；

读读曹植的《七步诗》，感受古代朝堂更迭中的凶险，

了解在权力争斗中，

不得不面对手足相残的凄凉与无奈；

再读读司马光的《看花四绝句》，

或许能带来一丝丝清凉的慰藉。

走到开封，大运河的磅礴大气扑面而来，

有感伤，有震撼，

这是皮日休关于这段历史的客观评价；

再读读王安石的《元日》，

鼎盛时期的中原地区和宋朝最辉煌最热闹的民众生活，浮现眼前。

走到商丘，我们就不得不面对中原的衰落，

高适《别董大》中“千里黄云白日曛，北风吹雁雪纷纷”，

尽显失落与伤感。

时代发展，

古代中原地区渐渐丧失了其作为中心位置的区位优势。

历史总是这样，我们无缘见他高楼起，

也未必亲眼见他高楼塌，

但总有人一笔一画刻画出一段故事，流传至今。

历史是跌宕起伏的，

但文明辉映千古。

旅行路线图

商丘市
开封市

第一站：洛阳市

春夜洛城闻笛

唐 · 李白

谁家玉笛暗飞声，
散入春风满洛城。
此夜曲中闻折柳，
何人不起故园情。

看花四绝句（其三）

宋 · 司马光

洛阳春日最繁华，
红绿阴中十万家。
谁道群花如锦绣，
人将锦绣学群花。

七步诗

魏晋 · 曹植

煮豆持作羹，漉菽以为汁。
萁在釜下燃，豆在釜中泣。
本自同根生，相煎何太急？

春夜洛城闻笛

唐·李白

谁家玉笛暗飞声，

是谁家的庭院传出悠扬的玉笛声？

散入春风满洛城。

凄清婉转的曲调与春风一同飘扬，传遍整个洛阳城。

此夜曲中闻折柳，

客居之夜听到《折杨柳》的乐曲，

何人不起故园情。

谁又能不生出怀恋故乡的深情？

折柳送别

“柳”在古诗词中常与离别相伴。因“柳”与“留”谐音，诗人们常用“柳”来表示挽留之意。古代人们离别时，有折柳相送的习俗。离别时常用赠送柳条来表示难舍难分、不忍别离、依依不舍等意思。

白居易的《青门柳》：“为近都门多送别，长条折尽减春风。”

鱼玄机的《折杨柳》：“朝朝送别泣花钿，折尽春风杨柳烟。”

李白的《宣城送刘副使入秦》：“无令长相忆，折断绿杨枝。”

李白的《塞下曲六首》：“笛中闻折柳，春色未曾看。”

刘禹锡的《杨柳枝》：“春江一曲柳千条，二十年前旧板桥。”

刘禹锡的《酬乐天醉后狂吟十韵》：“好吹杨柳曲，为我舞金钿。”

隋唐洛阳城遗址

隋唐洛阳城遗址位于今洛阳市城区及近郊，隋、唐、五代都曾在此定都，是中国古代历史上持续建都时间最长、建筑规模最大的都城之一。隋唐洛阳城分为宫城、皇城、外郭城等部分，有着丰富的文化内涵，对于研究中国古代的城市布局、社会生活等都有很高的价值。

看花四绝句（其三）

宋·司马光

洛阳春日最繁华，

洛阳的春天是最繁华的时候，

红绿阴中十万家。

红花绿叶掩映着十万人家。

谁道群花如锦绣，

有人说，繁花似锦，

人将锦绣学群花。

其实是人们把花绣在了锦缎上。

武则天与牡丹的传说

“洛阳牡丹甲天下”，洛阳的牡丹雍容华贵、富丽端庄，花朵硕大、种类繁多。同时，洛阳也有着丰富的牡丹文化，千百年来关于洛阳牡丹的传说有许多，其中最为人们熟知的应是牡丹仙子与武则天的故事。

传说在一个大雪纷飞的日子里，武则天看到冰封大地、万物萧条、百花凋谢，甚是不悦，于是她对百花下令，让它们一夜之间百花齐放。诏令一出，众花仙皆惊慌失措：寒冬腊月开花不合时令，但不遵守武则天的旨意，定会落得更加悲惨的下场。到了第二天，众花仙顶着呼啸的寒风绽开了花蕊，唯有牡丹花抗旨不遵。武则天勃然大怒，令人将牡丹逐出京城，贬至洛阳。怎料牡丹一到洛阳，随意埋入土中都生长得娇艳无比，这又惹怒了武则天。她派人前去洛阳烧死牡丹，在大火中，牡丹的枝干虽然已被烧焦，但花朵却更加灿烂夺目。所以，牡丹有着“焦骨牡丹”的称号，也因其正气凛然，人们把牡丹称为“百花之王”。

隋唐城遗址植物园

隋唐城遗址植物园内建有千姿牡丹园、野趣水景园、木兰琼花园、万柳园、岩石园、百草园、梅园、竹园、海棠园、桂花园等园区。千姿牡丹园内种植了品种繁多、数量庞大的牡丹，还有以雕刻等多种形式展示的赞美洛阳牡丹的诗词、典故等，是洛阳市牡丹品种最多、花色最全、牡丹主题文化氛围最浓郁的园区。

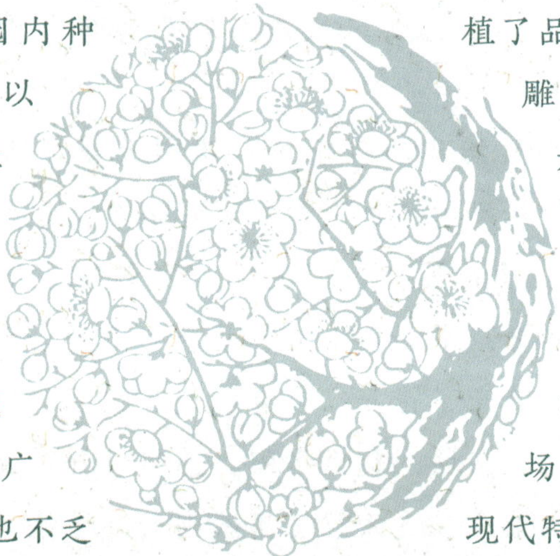

植物园内还有20多个各具特色的休闲娱乐广场，既有着隋唐时期的建筑风格，也不乏现代特色。畅游其中，可以观赏如诗如画的迷人景象。

七步诗

魏晋·曹植

煮豆持作羹，
漉菽以为汁。

锅里煮着豆子，把豆子的残渣过滤出去，
留下豆汁来作羹。

萁在釜下燃，
豆在釜中泣。

豆秆在锅下燃烧，
豆子在锅中哭泣。

本自同根生，相煎何太急？

豆秆和豆子本来是从同一条根上生长出来的，为什么要相互煎熬、逼迫得这么紧呢？

建安文学代表——“三曹”

“三曹”是曹操、曹丕与曹植的合称，如“三苏”（苏洵、苏轼和苏辙）一样，“三曹”在文学上颇有成就，是建安文学的代表。

曹操是曹丕和曹植的父亲，建安时期杰出的文学家，也是建安文学新局面的开创者。除了文学上的成就，曹操无论是在政治策略还是用人策略上，都有很大格局，如著名的“挟天子以令诸侯”。

曹丕在文学上的成就没有曹操和曹植突出，但在政治上，他篡权自立，安内攘外，也有一定的成就。

曹植天资聪颖，曾多次获得曹操的信任，但最终不敌曹丕。但后人对曹植的诗词有着很高的评价，钟嵘在《诗品》中曾评价曹植“骨气奇高，词彩华茂，情兼雅怨，体被文质，粲溢古今，卓尔不群”。

观沧海

魏晋 · 曹操

东临碣（jié）石，以观沧海。

水何澹（dàn）澹，山岛竦（sǒng）峙（zhì）。

树木丛生，百草丰茂。

秋风萧瑟，洪波涌起。

日月之行，若出其中；

星汉灿烂，若出其里。

幸甚至哉，歌以咏志。

汉魏洛阳故城遗址

汉魏洛阳故城始建于西周时期，此后的东周、东汉、曹魏、西晋、北魏等朝代都在此定都，是我国所有都城遗址中定都总时间最长、规模最大、保存较为完整的古城遗址。这里埋藏着那些定都于此的朝代最典型、最丰富的文化遗存，对于研究当时的政治、经济、军事、交通、文化等都有很高的价值。

现存的主要遗迹有：宫城、内城、外郭城、金墉城、永宁寺塔基遗址、太学遗址、东汉灵台遗址和金村大墓等。

互动任务单

你有哥哥姐姐，或者弟弟妹妹吗？你知道“手足情深”的含义吗？让爸爸妈妈讲解给你听。

第二站：开封市

汴河怀古（其二）

唐 · 皮日休

尽道隋亡为此河，
至今千里赖通波。
若无水殿龙舟事，
共禹论功不较多。

元　日

宋 · 王安石

爆竹声中一岁除，
春风送暖入屠苏。
千门万户曈曈日，
总把新桃换旧符。

汴河怀古（其二）

唐·皮日休

尽道隋亡为此河，

人人都说修建汴河导致了隋朝的灭亡，

至今千里赖通波。

可是至今南北通行还是要依赖此河。

若无水殿龙舟事，

如果没有打造龙舟、纵情享乐的事情，

共禹论功不较多。

隋炀帝的功绩几乎可以与治水的大禹相比拟。

大禹治水

传说在尧帝时期，黄河流域经常发生洪水，为了制止黄河泛滥，尧帝召集各部落首领，求征治水能手平息水患。大禹的父亲鲧（gǔn）被推荐执行这项任务，但他不仅失败了，而且在治水过程中还消极怠工，最终被流放。等到舜帝继位后，任用鲧的儿子——大禹继续治理水患。大禹没有因自己的父亲被流放而怀恨在心，他暗下决心，一定要努力消灭水患。

大禹当时才新婚四天，他与贤惠的妻子告别后，便踏上了征程。他吸取了父亲用堵截方法治水失败的教训，发明了一种疏导治水的新方法，也就是疏通水道，使水能够顺利流向大海。每到一处需要治理的地方，大禹便发动当地群众一起施工，他也和大家一起披星戴月地劳动。他的生活很简朴，住在矮小的茅草屋里，吃得比百姓还要差。大禹在治水的过程中，曾三次经过自己的家门口。他非常想回家看看妻子，但一想到治水任务艰巨，只得向自家茅屋行个礼，便转身奔赴下一个需要治理的地方了。

历经13年，终于，咆哮的洪水平缓地东流入海，人民从此安居乐业，幸福富足。

禹王台公园

禹王台公园是一座集古建筑和植物园为一体的文化休闲公园。禹王台公园历史悠久、文化底蕴深厚，其内文物古迹众多，有着“千古名园”之称。禹王台，又称古吹台。相传有位音乐造诣很高的乐师经常在这座高台上吹奏，人们便将此处命名为古吹台。后因河水泛滥，人们希望治水有方的大禹神灵能够保佑他们，便在古吹台上修建了禹王庙，因此，又被称为禹王台。

春季的禹王台公园，鸟语花香，来此赏春踏青，可以领略文化内涵和自然风光；到了夏季，园内凉风习习，是消暑纳凉的胜地；金秋时节，满园菊香，令游人流连忘返；冬季雪后，冰雕玉琢，宛若人间仙境，正是踏雪寻梅的好去处。

千古名园

元日

宋·王安石

爆竹声中一岁除，

阵阵轰鸣的爆竹声中，旧的一年已经过去了，

春风送暖入屠苏。

和暖的春风送来了新年，
人们欢乐地畅饮着新酿的屠苏酒。

千门万户曈曈日，

初升的太阳照耀着千家万户，

总把新桃换旧符。

人们都忙着把旧的桃符取下来，换上新的桃符。

春节的吉祥话

一年的最后一天，称为“岁除”，农历新年的第一天，是“春节”。一年最后一天的晚上，也就是新年的前一天晚上，就是“除夕”。

春节是中华民族最隆重的传统佳节，对于小朋友们而言，给长辈们拜年、说吉祥话是春节必不可少的活动。春节的吉祥话有哪些呢？

恭贺新禧　恭敬地祝贺新年幸福吉祥如意。

福星高照　祝福别人有好运气、有福气。

前程似锦　形容前途美好、光明、顺利。

一帆风顺　比喻非常顺利，没有任何阻碍和坎坷。

福如东海，寿比南山

比喻人的福气像东海一样浩大，寿命像南山一样长久。一般用于祝福长辈，比如爷爷、奶奶。

清明上河园

清明上河园位于开封市龙亭湖西岸，以张择端的《清明上河图》为蓝本，展现宋代市井文化、民俗风情等，再现古都汴京的繁荣景象，是一座大型的实景主题公园。

园内有横跨“汴河”、气势如虹的虹桥，四面临水的水心榭，可静心观景的茗春坊，气势磅礴的临水大殿，世界上最大幅的《清明上河图》石雕等，畅游其中，仿佛行走在《清明上河图》画卷中，周边都是千年前的景象，神秘又真实。

园内每天还有多台精彩演出，如包公迎宾、包公巡案、高跷表演、编钟乐舞、气功喷火、皮影戏、布袋木偶、王员外招婿、梁山好汉劫囚车等，每一台表演都能让游客身临其境地感受宋代的文化与民俗。

互动任务单

在下一次春节来临时，和爸爸妈妈一起贴春联。

第三站：商丘市

别董大（其一）

唐 · 高适

千里黄云白日曛，
北风吹雁雪纷纷。
莫愁前路无知己，
天下谁人不识君？

别董大（其二）

唐·高适

千里黄云白日曛，

千里黄云遮天蔽日，显得太阳黯淡无光，

北风吹雁雪纷纷。

呼啸的北风吹着归雁，大雪纷纷。

莫愁前路无知己，

不要担心前路茫茫没有知己，

天下谁人不识君？

普天之下有谁不认识你呢？

唐朝著名音乐家——董大

董大，原名董庭兰，因在家排行老大，故而称董大。

董大是唐朝著名的琴师，他年轻时不喜欢读书，到处玩乐，甚至还做过乞丐。一直到了五十岁，他才开始努力读书作诗，当时他的诗多为描写边塞战争。除了作诗外，他在音乐上的成就更为人知晓，他学习了当时流行的“沈家声”“祝家声”，并把《胡笳》整理为琴谱，据说现在留存的《大胡笳》《小胡笳》就是董大的作品。

董大在唐朝享有很高的声誉，众多诗人都与他有交往，如高适的《别董大》表露了对董大远行的依依不舍，李颀的《听董大弹胡笳声兼寄语弄房给事》一诗赞赏了董大高超的演奏技艺。和董大齐名的唐朝著名音乐家还有擅长作曲的李龟年。

别董大（其二）

唐·高适

六翮（hé）飘飖（yáo）私自怜，

一离京洛十馀年。

丈夫贫贱应未足，

今日相逢无酒钱。

商丘古城

商丘古城位于今河南省商丘市睢阳区，虽历经战乱，但保存较为完整。俯瞰城池，商丘古城像一枚古铜钱，外圆里方：外为圆形的护城大堤，内为方形的城墙，古城内的四合院格局如同棋盘，鳞次栉比。古城的东门为宾阳门，西门为垤泽门，南门为拱阳门，北门为拱辰门。

应天府书院在商丘古城湖畔，是古代著名的四大书院之一；八关斋位于古宋河畔，八关斋内的八角亭，其内石幢上有颜真卿晚年的亲笔撰书；火星台位于商丘古城西南的火星台村，是距今4000多年、我国现存最早的观星台遗址；文雅台位于古城南湖东南畔，是孔子在宋国的讲学旧址。

商丘古城历史悠久，其建造也无不显示着历代先民们的智慧与思想。来到商丘古城，看一看古城的宏伟建筑，听一听古城的奇妙传说，感受一下古城的文化底蕴和历史变迁。

互动任务单

在商丘古城拍一张有复古意味的照片，贴在下面。

安　徽

将相辈出之地，项羽一声叹息千古回荡

写在旅行前

提到安徽，人们最先想起的，可能是徽商。

徽商儒雅，叱咤于商界风云之间，也自有一番文人雅士的风度。

仔细去品，风雅徽商的形成，竟是源于一场迫于无奈的生计奔波：

处于吴头楚尾的安徽历经几次移民潮，人口越来越多，

人多地少，怎么办？外出经商吧。

于是有了闻名天下的徽商。

这是安徽人的气度——

即便是无奈的谋生之举，也能赋予其独特风华。

若把安徽比作一个人，大抵要用文韬武略来形容他。

在文化上，安徽涡阳有着“老子故里，天下道源”之称，

宣城是文房四宝之乡。

在武略上，安徽所出安邦定国的将相数不胜数：

颍上有管仲，亳州有曹操，庐江有周瑜，凤阳有朱元璋，

宿州更是与项羽有着深厚的渊源。

如此郎艳独绝，
但翻翻诗人们留下的古诗词，却仅是寥寥几笔。
无妨，几笔已是丰满，几笔刚刚好。

跟随古诗词走入安徽，
听听项羽在宿州垓下的一声叹息，千古回荡；
后人杜牧、李清照在乌江亭应和项羽，留下流传千年的遗憾之声。
在滁州，被韦应物一句“野渡无人舟自横”迷倒；
再体会欧阳修笔下的“醉翁之意不在酒，在乎山水之间也”。
诗仙李白应汪伦之邀来宣城游山玩水，留下了描写友情的最佳诗句；
还为偶像谢朓写下著名诗篇《宣州谢朓楼饯别校书叔云》，
“蓬莱文章建安骨，中间小谢又清发”，辉映着诗人谢朓的灵气。

带着孩子来安徽，也许在做古诗词旅游攻略时会有那么一点点失落，
但孩子们往后要走的人生路不就是如此吗——
大部分时期平淡，只需寥寥的重要几笔，便能撑起生命。
一句“力拔山兮气盖世”，一句“野渡无人舟自横”，
一句“清明时节雨纷纷”，一句“不及汪伦送我情”……
足以让安徽毫不逊色。

旅行路线图

宣城市
马鞍山市
池州市

第一站：宿州市

垓下歌

秦末 · 项羽

力拔山兮气盖世，
时不利兮骓不逝。
骓不逝兮可奈何，
虞兮虞兮奈若何。

垓下歌

秦末·项羽

力拔山兮气盖世，

力量可以拔起大山，
豪气世上无人能及，

时不利兮骓不逝。

可是时运不济，
就算是宝马也很难再奔驰。

骓不逝兮可奈何，

宝马不再奔驰了，我又能怎么办呢！

虞兮虞兮奈若何。

虞姬啊虞姬啊，我又该把你怎么办呢！

与项羽相关的成语

取而代之

意思是夺取别人的地位，由自己代替。也指用一个事物取代另一个事物。

先发制人

先动手制服对方，或先于对手采取行动以获得主动。泛指先下手为强。

沐猴而冠

猕猴戴上帽子装成人的样子。比喻表面上装扮得像个人，但实际并不是。

背水一战

在不利的情况下与敌人做最后的决战。比喻面临绝境，为求得出路而做最后的努力。

四面楚歌

楚汉交战时，项羽的军队驻扎在垓下，兵少粮尽，被汉军和诸侯的军队层层包围起来，夜间听到四面汉军都唱楚歌，项羽吃惊地说：“汉军把楚地都占领了吗？为什么楚人这么多呢？”形容四面受敌，处于孤立危急的困境。

“霸王城”——灵璧

灵璧县，隶属于安徽省宿州市，是钟馗故里、中国民间文化艺术之乡、中国观赏石之乡。除此之外，灵璧县的楚汉文化十分浓郁，十面埋伏、四面楚歌、霸王别姬等经典故事都发生在此。

虞姬文化园位于宿州市灵璧县城东，在原虞姬墓的基础上扩建而成，园内包含虞姬文化展示区、霸王别姬休闲广场、霸王文化展示区等，陈列了垓下和虞姬墓中出土的文物、史料等。

垓下古战场遗址位于宿州市灵璧县城东南，是楚汉相争时刘邦与项羽的决战之地。这里已经很难找到当年战争的痕迹，不过还是留下了许多纪念性建筑，有着很高的研究价值。

互动任务单

你觉得“英雄”是什么？

第二站：滁州市

滁州西涧

唐 · 韦应物

独怜幽草涧边生，
上有黄鹂深树鸣。
春潮带雨晚来急，
野渡无人舟自横。

滁州西涧

唐·韦应物

独怜幽草涧边生，

唯独喜欢涧边生长的幽幽野草，

上有黄鹂深树鸣。

树林深处还有黄鹂在啼鸣。

春潮带雨晚来急，

春天的潮汐夹带着傍晚时分的雨，
正流得湍急，

野渡无人舟自横。

郊野的渡口没有人，
只有一只小船悠闲地漂在水上。

与“黄鹂”有关的诗句

黄鹂的鸣声洪亮悦耳，是许多诗人在诗中喜欢描写的一种鸟类。

杜甫的《绝句》：“两个黄鹂鸣翠柳，一行白鹭上青天。”
王维的《积雨辋川庄作》：“漠漠水田飞白鹭，阴阴夏木啭黄鹂。”
晁补之的《浣溪沙》：“最红深处有黄鹂。”
李白的《秋思》：“春阳如昨日，碧树鸣黄鹂。”
韦庄的《清平乐 · 绿杨春雨》：“花折香枝黄鹂语，玉勒雕鞍何处。”
李商隐的《柳》：“絮飞藏皓蝶，带弱露黄鹂。”
柳宗元的《闻黄鹂》：“倦闻子规朝暮声，不意忽有黄鹂鸣。”

琅琊山

琅琊山位于滁州市西南，动植物资源丰富，因盛产药材，被誉为“天然药圃”。有大批历史名人为琅琊山留下文章墨宝，这里的一景一物都蕴含着浓厚的人文气息。

位于琅琊山脚下的醉翁亭是中国四大名亭（其余三亭为北京陶然亭、长沙爱晚亭和杭州湖心亭）之首。醉翁亭景区依山傍水，内有九院七亭，风格各异，称为“醉翁九景”。二贤堂在醉翁亭的北侧，是纪念王宇偁（chēng）和欧阳修的祠堂。野芳园的碑廊，是了解和研究琅琊山的好去处，这里集中整理了与琅琊山、醉翁亭相关的诗文和名人墨宝等。琅琊寺依山就势，隐藏在密林中，是著名的佛教圣地，寺内的“琅琊古刹”是“古滁州十二景”之一。

到琅琊山里感受“山水之乐”，身临其境，在历代文人墨客留下的千古诗篇中体会幽古的意境。

互动任务单

滁州市的凤阳花鼓是国家级非物质文化遗产，和爸爸妈妈一起看一场凤阳花鼓演出吧。

第三站：马鞍山市

望天门山

唐 · 李白

天门中断楚江开，
碧水东流至此回。
两岸青山相对出，
孤帆一片日边来。

夏日绝句

宋 · 李清照

生当作人杰，
死亦为鬼雄。
至今思项羽，
不肯过江东。

望天门山

唐·李白

天门中断楚江开，

长江像一把巨斧把天门山从中间劈开，

碧水东流至此回。

碧绿的江水向东奔流，在此处向北折回。

两岸青山相对出，

两岸高耸的青山相峙而立，

孤帆一片日边来。

江上一叶孤舟从天边驶来。

读万卷书

与“孤帆”相关的诗句

许多诗人都会在诗中使用“孤帆”这一意象。

李白《黄鹤楼送孟浩然之广陵》：“孤帆远影碧空尽，唯见长江天际流。”

孟浩然《早寒江上有怀》：“乡泪客中尽，孤帆天际看。”

杜甫《秋风二首（其二）》：“不知明月为谁好，早晚孤帆他夜归。”

王昌龄《岳阳别李十七越宾》：“平明孤帆心，岁晚济代策。”

岑参《楚夕旅泊古兴》：“独鹤唳江月，孤帆凌楚云。”

刘大卿《送严士元》：“日斜江上孤帆影，草绿湖南万里情。”

“天门山”不是一座山

“天门山”是西梁山和东梁山的合称，西梁山位于安徽省马鞍山市和县，东梁山位于安徽省芜湖市。两山隔江相对，形同门户，所以叫天门山。

西梁山由大陀山和小陀山组成。山中景色优美，变幻莫测。在这里，观月色，赏朝霞，听悬崖下的惊涛拍岸，寻嶙峋怪石中隐藏的佛像，在柳荫堤听黄莺在枝头啼叫……

夏日绝句

宋·李清照

生当作人杰，

活着的时候应当做人中豪杰，

死亦为鬼雄。

死了也应该是鬼中的英雄。

至今思项羽，

人们到现在还在思念项羽。

不肯过江东。

只因他不肯苟且偷生退回江东。

认识李清照

姓名：李清照

号：易安居士

出生时期：宋朝

作品：《声声慢 · 寻寻觅觅》

《一剪梅 · 红藕香残玉簟秋》等

千年古镇，西楚乌江

位于安徽省马鞍山市和县的乌江镇，是西楚霸王项羽乌江自刎的地方，乌江镇也因此驰名天下。乌江镇地处江苏和安徽的交界处，是安徽省面向长三角的东大门。

西楚霸王灵祠位于乌江镇东南的凤凰山上，左侧濒临滔滔长江，祠内有一尊西楚霸王项羽的巨型雕像。

互动任务单

画一画你心中的天门山。

第四站：宣城市

赠汪伦

唐 · 李白

李白乘舟将欲行，
忽闻岸上踏歌声。
桃花潭水深千尺，
不及汪伦送我情。

赠汪伦

唐·李白

李白乘舟将欲行，

李白将要乘舟离别远行，

忽闻岸上踏歌声。

忽然听到岸上传来踏歌的声音。

桃花潭水深千尺，

桃花潭的水深达千尺，

不及汪伦送我情。

也比不上汪伦亲自送我的深厚情谊。

踏歌

踏歌是古代中国的一种传统舞蹈，源自民间，自汉代兴起，于唐代盛行。它是一种群舞，跳舞的人们成群结队，手拉手，用脚踏地作节拍，边歌边舞。唐朝时期，踏歌不仅是民间群众的一种娱乐活动，还被改编加工成为宫廷舞蹈。唐代许多文人的作品中都曾记录“踏歌”这种舞蹈形式，如刘禹锡《踏歌词四首（其一）》中的“春江月出大堤平，堤上女郎连袂行。唱尽新词欢不见，红霞映树鹧鸪鸣”，顾况《听山鹧鸪》中的“谁家无春酒，何处无春鸟。夜宿桃花村，踏歌接天晓”。

桃花潭风景区

桃花潭风景区位于安徽省宣城市泾县桃花潭镇境内，李白“桃花潭水深千尺，不及汪伦送我情”的千古绝唱写于此地。这里融合了自然景观和人文景观，既可欣赏清新秀丽的皖南风光，也可在风格独特的古建筑中，感受时间的印记。

桃花潭东岸的东园古渡相传是李白应汪伦之邀前来桃花潭游玩，离别时汪伦踏歌送别李白的地方。后为纪念李白和汪伦二人的深厚情谊，人们在东园古渡旁又修建了踏歌岸阁，游人可在此眺望桃花潭的美景。桃花潭西岸还有汪伦墓、怀仙阁等景点。

互动任务单

和爸爸妈妈一起准备一份特别的离别礼物，送给在旅行中认识的朋友。

第五站：池州市

秋浦歌十七首（其十五）

唐 · 李白

白发三千丈，
缘愁似个长。
不知明镜里，
何处得秋霜。

清　明

唐 · 杜牧

清明时节雨纷纷，
路上行人欲断魂。
借问酒家何处有，
牧童遥指杏花村。

秋浦歌十七首（其十五）

唐·李白

白发三千丈，

白发长达三千丈，

缘愁似个长。

是因为沉重的愁思才长得这样长。

不知明镜里，

不知道在明镜之中，

何处得秋霜。

是哪里的秋霜落在了我的头上。

秋浦歌十七首（其一）

唐 · 李白

秋浦长似秋，萧条使人愁。
客愁不可度，行上东大楼。
正西望长安，下见江水流。
寄言向江水，汝意忆侬不。
遥传一掬泪，为我达扬州。

中国最美诗河——秋浦河

秋浦河位于安徽省池州市石台县，东邻九华山，南接黄山，自然风景优美，景色迷人。秋浦河的文化底蕴深厚，历代文人来此留下了许多诗文佳作，其中诗仙李白的《秋浦歌十七首》最为人们熟知。

探寻李白踪迹的最好方式莫过于秋浦河漂流，父母与孩子乘一叶扁舟在江上漂流，吟着李白的诗，感受诗中所表达的意境，再看看两岸的绿意，心旷神怡。秋浦河上建有一座悬空玻璃桥，名为“诗河九天”，行至桥上，秋浦河的风光尽收眼底。这里还有许多娱乐项目，如秋浦河真人CS、丛林穿越、水上乐园等，父母和孩子可以根据游玩时的具体情况进行选择。

清明

唐·杜牧

清明时节雨纷纷，

江南的清明时节，细雨纷纷扬扬，

路上行人欲断魂。

路上的羁旅行人都失魂落魄。

借问酒家何处有，

请问当地哪里可以买酒浇愁，

牧童遥指杏花村。

牧童指向远处的杏花村。

二十四节气

二十四节气——立春、雨水、惊蛰、春分、清明、谷雨、立夏、小满、芒种、夏至、小暑、大暑、立秋、处暑、白露、秋分、寒露、霜降、立冬、小雪、大雪、冬至、小寒和大寒，于先秦时期开始订立，至汉代完全确立，是劳动人民结合天气和作物生长情况，为指导农事总结出来的历法。二十四节气是劳动人民智慧的结晶，已于2006年列入第一批国家级非物质文化遗产名录。

二十四节气歌

春雨惊春清谷天，夏满芒夏暑相连。
秋处露秋寒霜降，冬雪雪冬小大寒。
上半年逢六廿一，下半年逢八廿三。
每月两节不变更，最多相差一两天。

清明日园林寄友人

唐·贾岛

今日清明节，园林胜事偏。

晴风吹柳絮，新火起厨烟。

杜草开三径，文章忆二贤。

几时能命驾，对酒落花前。

池州市杏花村文化旅游区

杏花村文化旅游区位于池州市贵池区城西，因杜牧《清明》一诗名扬天下。

杏花村文化旅游区在杏花村旧址的基础上修建，树木葱郁，杏花成林，小桥流水，酒旗若现，处处流露出诗歌的意境。文化旅游区有着原生态的山水田园和古朴的乡村风貌，展示了盛唐诗酒、山水农耕、传统民俗和江南村落“四大文化”，重点创新杏花诗林、杏花酒肆、杏花农庄、杏花烟溪、杏花渔港、杏花茶坊、杏花木屋、杏花草市“八大业态”，是一处体会田园生活、休闲娱乐的佳境。

在旅游区内，有展现江南茶文化的唐茶村落，有展示民俗文化的杏花村民俗文化展馆，有梅州晓雪、白浦荷风等杏花村十二景……久居城市的喧嚣与嘈杂，来杏花村找寻内心的宁静与诗意。走进杏花村，呼吸新鲜空气，拥抱大自然，泛舟湖上，漫步田园，赏花品酒，总有一样能让游客们流连忘返。

互动任务单

下次清明节祭祖时，听爸爸妈妈讲一讲家族渊源或故去亲人的相关往事。

山东

齐鲁大地，泰山之尊

写在旅行前

在山东，

我觉得一座泰山就是一首极具分量的诗歌，有此一首便足够。

后再学习、再斟酌，依然觉得，

仅是杜甫一首《望岳》，就能代表山东的地位。

但够了吗？还不够。

济宁泗水河畔，著名理学家朱熹笔下的春天正姹紫嫣红；

临沂的宴席上，诗仙李白品着兰陵美景，不知何处是他乡；

最让世人千古不能忘怀的，应该算上苏轼的“明月几时有”，

一个中秋节，苏轼通宵畅饮，

乘风归来的不只是他的心情，还有一首流传百世的不朽词作。

这些古诗词，道出了山东灵魂的内核。

有趣的地域灵魂，有山，有春光，有酒，有兄弟情义。

然而走到山东，我希望传递给孩子们的，不仅仅是诗词。

还有诗词里蕴含的地域文化，

像是望岳，看山不仅是山，还有齐鲁文化圈道家和儒家文化起源；

还有中国最古朴的哲学初启蒙阴阳概念，

和稳如泰山重如泰山的气魄。

当然，喝了兰陵的美酒，怎么能不忆及兰陵王挥师战场的英姿，

焉能不了解兰陵王入阵曲的浑厚与宽广。

或者读着“明月几时有，把酒问青天……”

体会几许豁达人生的清奇飘逸。

若走入潍坊看看风筝之都的迤逦，

孩子们会更明白为什么苏轼在那时那地那景，能写出那般华丽又清新的句子。

万物生诗，诗含万物。

在山东这片土地上，仅仅凭借四首诗歌，

亦能带给孩子们诗意的表达与诗意的人生。

旅行路线图

临沂市
潍坊市

第一站：泰安市

望　岳

唐 · 杜甫

岱宗夫如何，齐鲁青未了。
造化钟神秀，阴阳割昏晓。
荡胸生层云，决眦入归鸟。
会当凌绝顶，一览众山小。

望岳

唐·杜甫

岱宗夫如何，
齐鲁青未了。

五岳之首的东岳泰山景色怎么样？
在齐鲁大地上，青翠的山色没有尽头。

造化钟神秀，
阴阳割昏晓。

大自然将神奇和秀丽集中于泰山，
山的南北两面，
一面明亮一面昏暗，截然不同。

荡胸生层云，决眦入归鸟。

山中生起的云气，层出不穷，令人心胸激荡。极力睁大眼睛远望鸟儿归入山林，眼角都快要裂开了。

会当凌绝顶，
一览众山小。

我一定要登上泰山最高峰，
那时一眼望去，四周的山峦都会显得很渺小。

与“泰山”相关的成语

一叶障目，不见泰山

被一片树叶遮住眼睛，连眼前高大的泰山都看不见了。常用来比喻被局部的或暂时的现象所迷惑，不能认清事物的全貌或问题的本质。

有眼不识泰山

比喻见识短浅，认不出地位高或本领大的人。

泰山北斗

比喻德高望重或有卓越成就而为众人所敬仰的人。

重于泰山

比泰山的分量还重，多形容价值极高或责任重大。

泰山压顶

比喻压力极大或沉重的打击突然降临。

五岳之首——泰山

泰山，自古有着“五岳独尊”“天下第一山”的称号，为文人墨客、旅行家、探险家所向往。

泰山中路游览线是最为经典、最能感受泰山自然景观和人文历史的路线。从红门出发，经过泰山最大最完整的古建筑群——岱庙、山上难得遇到的坦途——快活三里、登山盘路中最险要的一段——泰山十八盘、形势险要雄伟壮丽的南天门、泰山主峰之巅——玉皇顶、日观峰上向北斜出的巨石——拱北石以及许多标志性的景点。但这条游览线比较耗费时间和体力，如果父母和孩子选择沿此路线登泰山，一定要做好充分的准备。

游泰山还有一条较为便捷的路线，从天外村出发乘车抵达中天门，再乘坐索道或者登山至岱顶。此路线多为随车欣赏沿路风景，许多景点无法抵达，但较为便捷、省时省力。家长可以根据具体情况选择路线。

互动任务单

和爸爸妈妈一起登上泰山，在山顶拍照留念吧！

第二站：济宁市

春　日

宋·朱熹

胜日寻芳泗水滨，
无边光景一时新。
等闲识得东风面，
万紫千红总是春。

春日

宋·朱熹

胜日寻芳泗水滨，

风和日丽的一天，在泗水河畔游春，

无边光景一时新。

无边无际的风光，焕然一新。

等闲识得东风面，

谁都能够看出春天的面貌，

万紫千红总是春。

百花齐放、万紫千红，到处都是春天的景象。

认识朱熹

姓名：朱熹

字：元晦、仲晦

号：晦庵

出生时期：南宋

作品：《初日》《观书有感》等

主要成就：理学集大成者，哲学家、教育家、诗人

曲阜“三孔”

曲阜位于山东省西南部，属于山东省济宁市，被誉为“东方圣城”，因为这里是中国古代伟大的思想家、教育家、儒家学派的创始人孔子的故里。曲阜的世界文化遗产“三孔”是指孔府、孔庙和孔林。

孔府是孔子的嫡长子孙居住的府第。孔林是孔子及其后裔的家族墓地。孔庙是祭祀孔子的寺庙，其主体建筑是大成殿，殿中供奉着孔子的塑像；大成殿院落正中为纪念孔子讲学的杏坛；位于孔庙中部的奎文阁是一座藏书楼阁；孔庙中还保存有自汉代以来1000多块碑刻的碑林等景点。

“三孔”具有很大的研究价值，从房屋建筑、石刻碑刻，到古树名木，再到馆藏文物等，都是学者们进行相应研究的重要资料。带着孩子去“三孔”游历，感受时光沉淀下来的、永不褪色的文化宝藏。

互动任务单

在爸爸妈妈的帮助下画出你想象中的春天。

第三站：临沂市

客中作

唐·李白

兰陵美酒郁金香，
玉碗盛来琥珀光。
但使主人能醉客，
不知何处是他乡。

客中作

唐·李白

兰陵美酒郁金香，

兰陵的美酒散发着郁金般的香气，

玉碗盛来琥珀光。

用玉碗盛起来色泽如琥珀般晶莹透亮。

但使主人能醉客，

只要主人用这美酒招待我，
让我这个客人一醉方休，

不知何处是他乡。

我一定会快乐无比，不觉得是身处异乡了。

什么是琥珀

琥珀是一种透明的生物化石，是松柏科、南洋杉科等植物的树脂化石。这些植物身上的树脂滴落，埋在地下千万年，在压力和热力的作用下，慢慢石化形成琥珀。有的树脂滴落的时候刚好落在昆虫身上，或者正好黏到一些昆虫，便形成了内有昆虫的琥珀。

琥珀一般呈黄色，触感温润细致。琥珀的形状多样，表面和内部多保持着树脂流动时产生的纹路，非常漂亮。大多数琥珀来自松树脂，稍加抚摸就会散发出迷人的松香气息。

琥珀常被视为珍贵的宝物。在我国古代，人们认为琥珀是老虎死后魂魄入地而形成的，有着吉祥如意、避难消灾的寓意。婴儿出生、男女新婚时都喜欢带上琥珀，图个吉利。佛教界也把琥珀视为圣物，认为琥珀具有强大的辟邪消灾的能量。

蒙山云蒙景区

蒙山雄奇壮美，集山岳、森林、瀑布等景观于一体，动植物资源丰富，文化底蕴深厚，也是沂蒙山革命老区的象征。蒙山已开发出多个景区，如龟蒙景区、彩蒙景区、云蒙景区等，其中，云蒙景区的森林风光优美，空气清新，是旅行休闲、运动锻炼的好去处，很适合父母带着孩子在此度过一段美好悠闲的亲子时光。

父母和孩子漫步蒙山亲近大自然，既能锻炼体魄，又可增长见识。经过蒙山的景点，讲一讲与此相关的传说故事；在蒙山山顶远眺，绿意尽收眼底，不仅可以缓解眼睛的疲劳，还可以开阔眼界、拓宽胸怀；在蒙山山间小憩，放松心情，父母和孩子之间也可以有更多的时间沟通与互动。蒙山还有许多运动游乐项目，如冲锋车、索道、漂流、采摘园等，父母和孩子可以根据自己的兴趣进行选择。

到了蒙山，请慢下来好好享受生活，暂离繁忙工作和快节奏生活，享受一段悠闲、洒脱和随性的时光。

互动任务单

和爸爸妈妈一起买一坛美酒封存，约定打开这坛酒的时间，要谨记，未成年的孩子是不可以喝酒的哦！

第四站：潍坊市

水调歌头·明月几时有

宋·苏轼

明月几时有，把酒问青天。不知天上宫阙，今夕是何年。

我欲乘风归去，又恐琼楼玉宇，高处不胜寒。

起舞弄清影，何似在人间。

转朱阁，低绮户，照无眠。不应有恨，何事长向别时圆。

人有悲欢离合，月有阴晴圆缺，此事古难全。

但愿人长久，千里共婵娟。

水调歌头·明月几时有

宋·苏轼

明月几时有，把酒问青天。

明月什么时候才出现呢？我拿着酒杯遥问苍天。

不知天上宫阙，
今夕是何年。

不知道在天上的宫阙，
今晚是哪一年。

我欲乘风归去，
又恐琼楼玉宇，
高处不胜寒。

我想要乘风回到天上看一看，
又担心那用美玉砌成的楼宇，
使我经受不住高处的寒冷。

起舞弄清影，
何似在人间。

翩翩起舞摆弄着月下自己清朗的影子，
月宫哪里比得上人间？

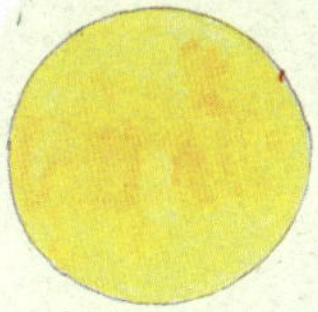

转朱阁，低绮户，照无眠。

月亮转过朱红色的楼阁，低低地挂在雕花的窗户上，照着没有睡意的我。

不应有恨，
何事长向别时圆。

明月不应该对人有怨恨吧，
可是为什么总是在人们离别的时候才会变圆呢？

人有悲欢离合，
月有阴晴圆缺，
此事古难全。

人有悲欢离合的变迁，
月有阴晴圆缺的转换，
这种事情自古以来很难周全。

但愿人长久，千里共婵娟。

希望人们可以安康长久，即使相隔千里，也能一起欣赏这轮明月。

文豪之家“三苏”

“三苏”是北宋文学家苏洵、苏轼和苏辙的合称。苏洵是苏轼和苏辙的父亲，苏轼是苏辙的哥哥。

《三字经》中记载：苏老泉，二十七。始发愤，读书籍。苏老泉就是指苏洵。据说苏洵从小不爱学习，直到二十七岁哥哥中举做了大官，他才感觉到自己的不学无术，从此便开始专心研读，发愤学习。苏洵的散文《名二子说》中说明了苏轼和苏辙姓名的由来。

“轼”是车前供站立远观时手扶的横木，看似一个装饰品可有可无，但如果没有轼，车便不完整了。苏洵给苏轼取名“轼”，是希望他不要忽视看起来似乎不重要的“外饰”之物，做人做事不要太过坦诚外露，要懂得适时掩饰自己的真心。

“辙”是指车行驶过泥土地后留在土地上的痕迹。车辙不是车的一部分，对车而言也不发挥任何作用，谈起车的功劳，我们不会想到车辙，若车出了问题，自然也不会怪罪于车辙。苏洵给苏辙取名“辙”，是希望他能够一生平安，即使没有名声显赫，没能得到世人的夸赞与赏识，但遇到祸患时也不至于引火上身。

潍坊世界风筝博物馆

放风筝是父母和孩子之间一项有爱的亲子活动，在潍坊市有一座潍坊世界风筝博物馆，这是我国第一座大型风筝博物馆。博物馆的建筑外形采用潍坊龙头蜈蚣风筝的特点，屋脊像一条巨龙。馆内收藏、陈列着古今中外风筝珍品及风筝的相关资料，展示着风筝的历史文化、现代文化、国家文化和延伸文化，是传播和弘扬风筝文化、进行艺术交流的好去处。

除了在博物馆内了解风筝的起源、发展、运用等知识外，还可以了解潍坊的风筝流派、中国的风筝流派、世界风筝的发展等信息。博物馆内还设有民间工艺体验区，有专业的艺人现场演示潍坊本土的民间工艺艺术，进行室内无风风筝放飞表演。家长和孩子还可以在艺人的指导下亲手设计、制作自己独一无二的风筝。

互动任务单

在中秋节，和爸爸妈妈一起做月饼、赏秋月吧。

古诗词小旅行

“此夜曲中闻折
柳”的下一句是
什么
后退两格
“三曹”是指曹操、曹丕和曹植
“本自同根生，相煎何太急”是什么意思
《别董大》的作者是唐朝的高适
前进一格
背诵杜牧的《清明》
泰山是五岳之首
《垓下歌》的作者是谁
朱熹是南宋著名的理学家
“西楚霸王”是指谁
《望岳》的作者是诗圣杜甫

游戏规则：①掷骰子，根据点数从起点前进相应步数。②根据格子上的提示前进或后退。

③格子上有问题时，回答正确方可停留，回答错误需后退一格。